仿佛

张思恬 著

长江出版传媒

长江文艺出版社

序

凿空而静：读张思怡的诗

沈 奇

不可忽略的记忆与错失，无法消解的浪漫与浮沉，以及独自潜沉语词之泳的深呼吸——凿空而静，本色而"小声说着话"的诗人张思怡，惯于以"微小的光芒"，透视日常，仰望星空，说出和这个世界之"新的标准尺度"不一样的尺度——由视觉深度而抵达灵魂深度的尺度，遂得以"与时光平分秋色"。

　　能如此无需"挣扎"，便将寻常物事顺手织就一款款叙事为经、意象为纬的诗质"织物"，并牵引不可轻易放下的"心象"之眷顾，可谓平中见峭，出手不凡。而或许，更多的时候，如此生就的女性诗人或诗人女性，所在乎的只是如"紫色的花瓣"般的诗心与诗意，如何"渐渐改变着我嘴唇的颜色"，并静静守候，发亮的黑眼睛里"水草丰美"，而"不被外界的声音唤起"。

2013年初夏于西安大雁塔印若居

目　　　录

雨下了一夜之后

雨下了一夜之后

我慢慢安静下来

你走来

掬了一捧水

慢慢饮下

并不知道是我

听见水塘的水

黑水塘的水

在我身体深处

窃窃私语

2011/5/5

杂 草

那片杂草长得又高又大

绿色的叶片上长满了坚硬的刺

它们被除草机忽略

现在和园子里的紫荆花树　松柏　桃树一起

享受正午的阳光

在我内心　也生长着这样的杂草

不知道它们的名字

绿叶片长着尖刺

被忽略　忘记拔除

在我不在意时长得老高

我犹豫是否现在把它们除掉？

一只麻雀吱吱吱跳跃着

飞过紫荆花树　松柏　桃树
飞过这些带刺的杂草

2011/6/6

裂　缝

车库门前的车道
日久生出很多裂缝

修车道的工人认真地对我说
如果还不修　裂缝会越来越大
损害车道

一年后
正如修车道的工人所说
车道的裂隙越来越大越来越深

那里又出现了一条……

我突然发现裂缝中长着一些不知名的花草

开着细碎的白花　黄花

太阳照着　煞是好看

2011 / 6 / 6

巢

太阳从房屋沙发扶手的一角慢慢退去
从厨房的一只碗和勺子退去
从阳台晾晒的一条裤子退去
从门前枫树的树叶退去
从我的眼睛　嘴　耳朵
呼吸　和行走退去

黑暗像一只鸟儿飞进来
在我这里筑起了巢

2011/7/14

名　字

从没想过

父母给我取的名字的意思

他们都是农民

就这样叫了我

我一生都想活得

有价值　有目标　有想法

今年48岁了

感谢父母亲

给了我这毫无意义的名字

在这块荒地上

我种过苞谷

又种过粟米　土豆

地瓜

我还突发奇想

种过西瓜

有时收成好

有时收成差些

有时遇到干旱歉收

但这些都没妨碍过我种植的热情

2011/7/24

人一开口说话就

电梯门打开

办公室门打开

电脑打开

高速网络打开

iPhone打开

信息打开

计算器打开

这是世界的新尺度

丈量和计算不是从这里开始

不是从你所看见的速度　形状开始

不是从你所看不见的运行

轮胎开始

丈量和计算从我和你开始说话的时候开始

我们小声说着话

力求符合新的标准尺度

2011/7/26

操场上

操场上

是年轻的父母们

年轻父母的父母们

孩子们在奔跑

风把他们变成一朵朵蒲公英

他们几个小声说着话

远远地听到一两句

就像静立在路旁的

枫树　松柏树　苹果树

交换着黄昏的讯息

2011/8/9

桑葚树和蘑菇

在我和邻居家的篱笆中间
有一棵高大茂盛的桑葚树
每年初夏结满黑紫色桑葚
鸟儿们飞进飞出
在树丛中跳跃啄食
一阵簌簌声
是桑葚落到了后院子的地上

两个月旅行回来
桑葚树已经被邻居砍伐
只留下一个光秃秃的树墩
被新长出的青草所覆盖
在曾经落满桑葚的地上
我陡然发现长了一些蘑菇
散落在光秃秃的树墩周围

2011/8/9

没有供认的

而　在他的生活中
他是他自己的警察
追捕总是从嘴开始
言语和言语在相互狡辩
声音和声音在互相窥看
你是谁？
镣铐已经戴在
今天做的一个梦上

在梦中
镣铐发出的声响
唤醒了他

2011 / 8 / 9

搭 车

十字路口有一棵柳树

每次搭公共汽车我都要经过它

长长的柳条垂下来

遮挡了视线

使我看不清楚车站的状况

是不是车就快到了?

是不是车已经到站了?

是不是今天车又晚点了?

现在车的尾巴露在柳树的缝隙中

车就要开走了?

还是才开进站?

总是为了使自己看得更清楚

我不得不加快脚步

走过这棵柳树就可以看清了

柳树长得越来越大

枝叶越来越茂盛

我也越来越看不清楚车站的状况

直到有一天

我全然看不到车站的任何情况

我不紧不慢地行走

不紧不慢地经过柳树

不紧不慢地等车来

车不紧不慢地来了

2011/8/9

人　声

在那栋高楼的梁柱上
安装了一个模仿大鸟声音的电声器
吓跑那些来做窝的小鸟和鸽子们

我的头脑中也安装了这样一个声音
哪个是我的声音?
哪个是安装的声音?

寒风中颤抖着我的声音
它们趔趔趄趄
扑打着

怎么移开这个安装的声音
我一次次冲向它

被吓跑　又回来

它始终在那里
在黑暗的角落
一个原点

　　旋涡

过程

和着我的声音起伏

它又叫起来
在那根梁柱的角落里

路上人来人往

人们并没注意到这个声音是来自"大鸟"
还是那些被吓跑的鸽子和小鸟们
也不知道这种被电声器模仿的大鸟叫什么

"大鸟"的声音　小鸟的声音　鸽子的声音
在阳光下
盘旋着

2011/9/1

游　泳

20米×50米游泳池
我很快就游到了对面

每次在泳池游泳
我都有一种隐隐的担心

会不会有一天我游得太冲
不小心磕碰到泳池的墙

或者当我跳水时用力太猛速度太快
把头撞在了对面

我不敢放开手脚来游
危险和伤害随时在

我的生活就好像这游泳池

20米×50米

既想舒展身子畅游

又须收拢身体小心翼翼

我不断地向左游向右游

向上仰游向水底游

在快触碰到墙体的时候

飞快地转身

旋转

看准地方扎到水下

从来没有过撞上墙体或磕碰的时候
从来没有过伤害

担忧和恐惧像墙体
托着一池水　托着我

又有
一个人
下
泳池了

2011/9/1

语 言

我们像珊瑚在深海
都是微小的生命
聚在一起
植根于历史　记忆　死亡
相伴于想象　象征
身姿
摇曳　如水流动

光明与黑暗相对
有多远?

夜一声接一声地飞过海面

来时路径的草地上结满了露水

2011/9/10

黑 马

一匹浑身发亮的黑马
闯入我的视野
在我这里饮水

我真想一跃而上
骑上我的想象

奔跑

几公里外
去去烟尘

看不见了

我的黑眼睛发亮

水草丰美

2011/9/18

一双鞋子

一双鞋子丢失了一只
我找不到它了

你曾经告诉我
爱　是一双鞋
穿着你我觉得很舒服
现在我的日子变成了一封爱的信
我将被发送给你

站在镜子前　有点破碎
突然我看到了那只丢失的鞋子
在门的角落

你

关上了

2011/9/20

短短几天

短短几天
路边这棵树的叶子
由青变黄
风　哗啦啦地
树叶飘起来
旋转　起舞
缤纷一地

死亡
也可以如此绚烂

坐在轮椅上的男人
微笑着
挣扎站起来
等着秋天再次吹响他

2011/10/4

几棵茂盛的枫树

几棵茂盛的枫树

我走近它们

发现黑粗的树干

虽然被茂盛的树叶遮挡了

阳光　人们的视线

却爬满了绿莹莹的苔藓

给这不被阳光所及

不被人们的目光所及

的黑暗以亮色

清晨的阳光照耀着它们

温柔宁静

树叶们像一根根羽毛

舒展着

2011/10/7

流　星

小时候

看见流星划过天空

我会问

它们从哪里来?

会来地球上吗?

它们落到地球上会做什么?

奶奶告诉我

每一颗星星都代表着地上的一个人

它们会到地球上来

来看妞妞和奶奶

长大了

慢慢淡忘了这个记忆

偶尔想起它

笑了

我一直没有意识到
小时候天真幻想的温暖时刻
就像流星一样划过我人生的天空
的确像奶奶所说
他们来拜访过我了

2011/10/7

铁　轨

在桥上
站着她

铁轨
从桥下横穿而过

向前方延伸

她有些伤感
她和她的生活
就像这两根并行的铁轨
仿佛永不交叉

运载着生活的悲苦　失望　疼痛

期待　希冀

停停走走

在两根铁轨的两旁

矗立着电线杆

鸟儿们飞过来飞过去

叽叽喳喳在电线上

而不远处的枫树们

早在前几天还是青色的叶子

已经转黄

再往前就是另一座桥了

看到有一个人

在桥上
模模糊糊

铁轨
看不清了

2011/10/8

空　地

没有鸟飞过

在这林中空地

你静静地

渴望像松果一样"啪"的一声落地!

2011/10/16

路　口

忙着起床
　　吃早餐
　　　　出门
　　　　　赶车
　　过红绿灯

路口
有人东张西望
有人行色匆匆
有人迫不及待要往前迈步

街对面一个人
对你微笑了一下
你笑了
回过头

看到你的微笑

后面的人对你点点头

你喜欢上了这个路口

绿灯亮了

像一个逗号

慢慢移进语言

走进黑压压的人流

做了一个深呼吸

2011/10/16

水

在这间不大的房间

像一条鱼儿

你向我游过来

只短短的一瞬

当我发觉你的目光

你就又游走了

浅

在大家的交流讨论中

水波淡淡滑过去

一点点

       悸动

一棵水草

摇曳着绿色

2011/11/6

蓝眼睛

不需要后悔
错过了他

雨水在蓝色中走失
现在你是白色

也不需要羡慕他的远游
他的离开是你的归来

等待
是一种开放
只需要过了这个冬天
春天就会重新绽放

我们需要天空一般的心

蓝了　我们的眼睛

2011/11/6

身　影

这个秋天比以往长了些
树上的叶子有的落了

有的还在枝上
挣扎着不愿意离去

一个多月了

看着这萧瑟的景象
内心挣扎纠结

秋天可以再长些吗？
它们可以再多停留一会儿吗？

一群鸟儿飞上了树梢
在光秃秃的树枝上飞来飞去

空荡荡的枝桠
尖锐地指向天空

它们跳跃的身影
仿佛是被风吹动的树叶

2011/11/12

有什么走过来

安静地
等待
有什么事物带走我

就像这深秋残留的树叶
被风吹起
不做最后的抵抗

有什么走过来
轻触我的唇
它以为是凋零的树叶

一个字
飘落下来

没有任何挣扎

2011/11/25

曾几何时？

一片秋叶
被风卷起

漂在池塘的水面
没有任何声响

曾几何时
它有它的繁华

曾几何时
迷恋于它的婆娑之声

夏日风起了
曾几何时

我们的年岁喧哗了

飘落了
不知所终

我
如一片树叶飘下来

没有任何声响

2011/12/16

籽

你还没来到我腹中

我就想象着你的样子

因为你的即将到来

我的脚步如此轻盈

我痴迷地看着每个

经过我的人

不同的脸孔

世界　我自己

任何微小的变化

我都会想

这是不是你

生长的模样

2011/12/20

你从来不知道

你对我所说
如一根树枝

我小鸟一样
停立在
枝头
静静地

你是否感觉我是一根枝桠
风吹来
身姿
摇曳

枝头上

我正在倾听你

我的倾听在发芽

2011/12/29

果 实

这对白发苍苍老年夫妇

靠窗而坐

妻子兴致勃勃

说起她今天的见闻

叽叽喳喳地

还是那个才遇到丈夫时

的少女

老头微笑着

时不时点点头

像一个农夫

采摘着满园的果实

心满意足

2012/1/5

牵牛花

愿意耽于这安静的一角
不说话　不思考　不被外界的声音唤起
夏天的牵牛花已经爬过了我
它紫色的花瓣
渐渐改变着我嘴唇的颜色

2012/1/10

土　豆

买的土豆久了

放在屋子里长出了芽

长了绿芽的土豆不能吃

有毒

我把它们种在花盆里

每一个都长出了长长的芽和茎

有一两棵还长出了毛茸茸的叶瓣

人的失望久了

也长出毒芽

我把它们种在我的花盆里

等它们长出叶片

2012/1/11

胜利者

从出生

到幼儿园　小学　初中　高中　大学

都要争第一

要比A快

比B强

比C全面

比D聪明

人生就是一个大的竞技场

较量是我们的加油站

网速可以更快些

股票可以更高些

力争第一

现在你成了人人称赞的胜利者

太好了

没什么人可以与你竞争

擂台上

欢呼声一片

"胜利者"

你满头大汗

咬牙切齿

搏斗仍然在进行

你咬住自己

不放

2012/2/1

出 口

我的情欲

在混凝土钢筋结构的高楼大厦中

被砌成了一个个写字间

我正发愁

如何把其中一小间

改装得更舒适

在这个五平方米的角落里

可以安装一个方便排泄的卫生间

2012/2/1

现代人的疼痛

现代人的疼痛

也已经被高科技

设计成一种快捷的

键盘

一按键

就进入网络世界

那么多疼痛

在网络的出口和入口

呻吟

飘浮

交织

疼痛被贮藏在U盘

被托管在主机服务器

有时被黑客攻击

崩溃

有时翻越防火墙

出逃

2012 / 2 / 1

坚持不懈

我一直遵守老师和父母的教诲

坚持不懈

几十年的时光

我把自己坚持不懈

成了

品质优良的三十多圈的弹簧

但问题是

为了节约能源和材料

现在又研发出

一种新材质弹簧

弹性极好

却只有三圈的弯度

我是否重新

坚持不懈

把自己改造成三圈弹簧？

2012 / 2 / 1

氢气球

我的生活理想

就像这氢气球

我死死地拽住

绳子

氢气球飘浮在

我的头顶

让我有轻飘飘的感觉

飞起来了

飞越大海

沙漠

草原

飞越

海燕的翅膀

希望的眼帘

氢气球挣脱我的手

飞起来了

往上飞

高一些

再高一些

再往上飞

它飞不上去了

它被倒挂在了

那栋高楼

一个窗户的钩上

让人欣慰的是

虽然它没有飞往更高的蓝天

但人们一抬头

望向被钩住的氢气球

望向28层高楼

就可以看见夹杂在高楼中的

蓝天

2012/2/1

快忘记他了

他一会儿靠近她
一会儿又距离她很远
她都快忘记他了
他又写信给她问候

她懒懒地歪在沙发上
看着他

他多么像她

对于情欲
她向来都是如此步伐

现在她不用踩着这样的步伐了

他踩着她的步子

一步步成为她的痛苦
她的欢乐

2012/4/13

加 班

六点起床

七点做早餐

八点送孩子出门

八点半在去公司的路上

九点推开办公室门

下午五点下班

五点半接孩子

六点做晚饭

七点吃晚饭

八点洗碗

九点洗浴

九点半孩子们入睡

他坚持一周有一天晚上做公司外私活

接新的工程

那种期待　那种新奇

那种自由的感觉

是他当年追求妻子时才有的

2012/4/14

迎　接

不几天

杨柳树　枫树长出了嫩绿的树叶

接着樱花梨花们也张开了花蕾

我的躯干上也仿佛生长了一些绿芽

一阵清脆的鸟叫声不知从哪里传来

这样的时刻

我看到了我身上的裂缝

绿芽一样

迎接着阳光

2012/4/20

好　像

1

好像已经忘记你了

好像你不在我的记忆里了

越来越模糊

越来越遥远

青春　岁月　挣扎　欲求　撕扯

和生活的争吵　叛逆　对抗

每夜的出逃和返回

都模糊了

任由这些颜色被岁月洗刷　变旧

以至于我可以

以任何我喜欢的颜色

重新勾画你

2

你越来越模糊

以至于我经常需要努力回想

你笑的时候眉毛是如何跳跃

你的嘴角是如何上翘

还有你说话的声音　一些微颤的发音

是如何经过你的身体逃出来

想着想着

我把自己沉思成了你的眼睛

清澈见底

3

你的身影慢慢消失在深处

每次都愿意走到这个街口

每次我都不愿意去到这个街口

你是否会出现在这个街口？

我站在你消失和出现的地方

朝着我来的方向

站成你的样子

4

拥挤的城市

我好像越来越模糊

千万张面孔　涌动起伏

难以辨认

我看见了　你对着我大喊

你不知道谁是我?

你对着前方呼唤

声音立即被地铁的咣当声运走了

你对着身后呼喊

一阵阵急促的脚步声

很快踩过了你期盼的目光

一大群人过来

你急切地想辨认出我

可是无济于事

一条广告语又将我PS成了

城市的一个背景色

秋天已经来临

在灰蒙蒙的天空下

我也会越来越模糊

直到成为这肃穆

秋天

的一种色彩

与这些凋零的树站在一起

等着你的来到

2012/9/6

我和我
如此遥远

仿佛越走越远

一条道路在我眼中延伸
在我心里消失

走过了千山万水
我抵达不了我

2015/1/26

叫　喊

我刚想张口发出一种声音

就被急速而过的地铁

抛在了拥挤的车厢

我刚想说出一个字

就被电脑键盘的敲打声卷成

了时代的时尚的鬈发

一阵风儿吹起了枝头上的树叶

哗啦啦地

一群绿羽翼的鸟儿

飞向了远方

我也想发出这样的声音

我也想哗啦啦地

飞翔

或掉落

我"啊啊啊"想发出某种声音

我"呀呀呀"发不出声音

我"咿咿咿"发出某种我不知道的声音

我"啦啦啦"发出某种我极力想发出的声音

我"唔唔唔"发出某种我渴望发出的声音

我想大声喊出我的声音

我想把我的声音喊出我的身体之外

我想喊出我自己的声音

我想喊出我自己

啊啊啊啊　呀呀呀呀　啦啦啦啦　唔唔唔唔

我想喊
我想大声喊
我想放声大喊

这些喊不出的声音游走于我
在我年岁的皱纹里
隆起成了一片干裂的大地

2012/9/6

搜　索

胳膊　左拐右拐的高楼

呼吸　不断急行的车流

双眼闪烁

繁忙的红绿灯

往前直行

再往前直行

手指快速移动

新一代鼠标键

搜索

房子　股票　好校区　新款奔驰　流行Coach女包

名誉　地位　成就　成功　力量　权力

电梯门打开

又关上

大脑不能再容纳下跌的股票数字了

把它们关在外面

有一个数字的腿被夹住了

怎么搞的

顾不得疼

在川流不息的人流中

我被送到了地铁

在立交桥上　有四个出口

不知道从哪个出来

是从今天紧张会议的热浪

还是从房地产的突降中出来?

绕过同事的升迁和自己的落寞

走过琳琅满目的竞争吃喝

不能输在起跑线上

在四分钟内赶上外环线公交车

像章鱼一样的立交桥爪子

牢牢抓住

城市

我紧紧地抓住被地铁热气流吹跑的衣服

这样的姿势是我梦想的想要飞的姿势

2012/9/9

怀　抱

黄昏

天幕下

秋天翻卷着

萧瑟　衰败　寒凉

"你被解雇了"

他跟跟跄跄地

像一片

　　凋落的

　　　　树叶

被急急行走的经济寒流

　　吹起

　　　　刮跑

为避免被狂风卷走

屏弱的身子
紧紧地蜷缩在街道地面上
即使肮脏　凌乱
也是一个怀抱

2012/11/2

钩住了

一些想说的话

游在黑暗中

时隐时现

它们冒出水面了

看见嘴巴了

很快

又潜入了

水里

水面上几朵水花

抛出钓鱼竿

垂钓在水边

有什么咬住了鱼钩

在拼命挣扎
死死地拽住鱼竿
往岸上拖

一看
怎么会是"我"呢?

2012/11/29

上和下

从繁华城市地面
下到地铁
穿过地铁通道
我总是想起你

而你却对我说
每每下了地铁
穿过地下地铁通道
上到地面
会想起我

这让我高兴
也让我烦恼

我俩的争吵也是这样

你上了地铁时

我已经下了地铁

让人欣慰的是

我家的公寓只有一百多平方米

你上和我下后双方走得还不是太远

2012/11/28

稻　谷

噢　那么多词

沉默着

如一茬茬的稻穗

紧紧簇拥着

我想开口

现在却想与它们站在一起

成为一粒稻谷

饱满　微低着头

2013/2/9

饶　舌

现在流行饶舌说唱音乐

口齿不清的唱法

让人无法知道唱的是什么

那些细微柔弱被忽略的声音

那些不可以发出来的声音

那些只有自己可以听到的声音

那些难听的声音

随着口齿不清的堤坝

都一起冲进了人们的耳膜

和我一起哼唱吧！

泥沙俱下

2013/2/8

无

角落里
台灯一直在那儿
等着
有人来——
揿亮

不是为了照亮黑暗
而是　等待
黑暗的拥抱

一颗灰尘轻飘飘落下

2013/4/3

他沉默着

他沉默着

既不争执

也不辩驳

不是无话可说

不是想说不知道该怎么说

他沉默着

静成虚空

好让惶惑的她充溢

他顺流而下

带走生活的泥沙

2013/4/3

刚　刚

钢筋水泥的大楼
钢化的办公室玻璃
刚劲的会议和讨论

刚刚离开的眼睛
看见一只小鸟飞过

刚刚飞过的几个月里
没有小鸟

没有翅膀

没有翅膀扇动的视线是地铁的轨道
城市里
挤满了上下班的人

我　被挤出了城市的视线

在办公大楼的拐角

的一小块空地里

一棵向日葵仰着脸

这棵向日葵

是那只飞过的小鸟衔着的种子掉下生长的吗？

2013/5/27

高山流水

他坐在那里

清了一下嗓子

做出更高不可攀的姿态

让人仰慕崇敬的浅笑

65岁

拥有8个协会的头衔

13个大奖

25家报纸杂志追捧的报道对象

囊括了大小各种荣誉

他的眼睛更深了

深不可测

坐在那里

像一座巍峨的高山

他独独忘了

水是往下流的

因为长期缺水

他的眼睛干干的

总是看不清东西

2013/6/2

拥　抱

在黑暗的沉沦中
我把双臂打开
又将它们合拢
就好像一个人拥抱着我
又好像我拥抱着一个人

我没有哭
只是轻飘飘飘下
像一道微弱的光

2013/8/31

小　孩

她蹒跚着
低着头　摇摇晃晃地
注视着脚下
跟随着她　我的小小

从来都习惯了仰视我的生活
从来都是望向生活的更高处

今天我低下头
第一次
看见了
自己
是如何迈步
如何行走

一步一步地
蹒跚着

2013/9/2

封　冻

你的冷漠

封冻了你的疼痛

对于你的远离

我尊重

我知道你需要这样的距离

如果疼痛喊叫起来

没人会听见

这是你生命的尊严

2013/9/2

深 处

随着闪烁的阳光
进入到树林

远远地

溪水
哗啦啦
在林中回响

伫立静听
它来自我的深处
现在被落叶　枯枝覆盖

2013/10/17

余 香

她憎恨他的不停唠叨
磨碎的痛苦
难以下咽的哽咽

而如今她欢喜于他的张口闭口
她贴身于他洁白牙齿的缝隙
找到了她的空间

她并不是那种虚荣的人
她要的只不过是一粒米的空间
在生活的咀嚼中
可以残留余香

2013/12/28

一　半

外面寒风

呼呼吹着

冰雪已经开始结冻

又有一棵树的枝桠因为

支撑不住重量

而折断

今晚

我也折断

一半在原来的枝桠上

一半回到大地

2014/1/7

隐　去

冬日　暮色晦暗
凄冷瞬间来临——

我却感觉到身体微微发热
像暮色中渐渐隐去的阳光
……这一刻

2014/2/17

山　崖

雾的黄昏

我躺着

将身体舒展

直到被孤单占据

一片云飘过来

和薄雾团成一团

又静静散去

仿佛明天若隐若现

时间拍打着

翻涌着

卷走了一些事物

又带来了一些事物

我躺着

安静　慵懒

任由时间冲刷

成山崖

2014/2/20

冰 雨

她和他

一个前

一个后

走着

已经好几年

他们不怎么说话了

一说话

就会争吵

他拽着生活在这头

而她在那头

淅沥沥下起雨来

天气太冷

雨水薄薄地结了一层冰

她走着

趔趄了一下

差点摔倒

他惊慌地赶紧上前

她及时扶住了他的手

他们俩

一个在前

一个在后

手抓着手

颤颤巍巍地走在薄冰上

2014/2/24

你沉沉地睡了

你沉沉地睡了

在黑暗中

我知道你

倦了

因为生活的忙碌

很久没有这样的时刻

躺在靠窗户的床边

抬头仰望天空

此刻天空

铁灰着

在黑暗和光亮的

激流中挣扎

要么沉沦

要么等待曙光

辗转反侧

大地沉沉

大地沉沉

沉入了

我们的身体

直至成为地平线的一道光！

2014/2/23

蜗 牛

清晨

经过一丛灌木时

在一株不知名的植物

的叶片上

我看见一只蜗牛在爬行

等我中午时分回来

它还在爬行

只不过爬到了

相邻的一个叶片上

我也像一只蜗牛

从城市的一个叶片

爬到相邻的一个叶片

我身边的蜗牛们都爬到高枝上

或爬得更远了
我还在这里缓慢爬行
仅仅只是
比我原来在的地方
远了一米的距离

2014/6/1

旧床垫

旧床垫

堆在地下室阴暗潮湿的角落里

好多次想扔掉它

又迟疑了

终于动手将它搬出地下室

阳光照射着它

已经褪色却仍然结实

没有一点破损

买它时

我们刚刚在一起

青春无痕

我又把旧床垫搬回到那个角落
说不定哪天还可以用得上呢？

2014/6/15

鹅

小小
追赶着一只鹅

小小走
鹅往前走
小小跑
鹅往前跑
小小停下来
鹅也停下来

始终小小靠近不了鹅

夕阳下
鹅摇摇摆摆

悠闲地

不时发出几声"嘎嘎"的叫声

我也在追赶着什么

我走

它往前走

我往前跑

它往前跑

我停下来

它停下来

靠近不了

小小飞跑着
欢快的笑声在夕阳下飞扬
并不觉得疲惫
并不觉得沮丧

我走向小小
紧紧地抱着她

2014/6/15

祖　国

我

被海水环绕的一座岛

离你

五千多海里

如今长满了各种

和你不一样的树木

花草

水鸟飞过

船航行过

说不同语言的人们经过

不同颜色形状的鱼儿们游来游去

在一千多米深的海底

是连绵起伏的海洋板块

和你相连

2014 / 6 / 15

流

时间累积

我越来越像生活的一道道划痕

粗粝的缝隙和凌锐的面

将我的光切下

一只蚂蚁跑过来跑过去

忙碌地搬运着掉在缝隙里的食物

2014 / 8 / 11

我们之间发生了什么

你不想澄清

我也不想辩解

我们之间

发生了什么

一说话

就争吵

裂缝越来越深

像极了你

如今

是它

帮我

抵挡着冷漠　疏离

远远地

有结籽的蒲公英

在摇摆

风把

其中几颗

送到我面前

2014/8/11

辗转反侧

你辗转反侧
在黑夜中摸索
这无常的命运

天外　不知道
是星星　是雨滴
还是遥远的过去与未来
仕坠跌

一个人的天空——

浓浓的黑夜围绕
仿佛你是一道即将诞生的
光线——

2014/8/22

盛夏过去

盛夏过去
世界清静下来
内心的什么东西也平伏下来
雨水来临
把树叶洗刷得绿油油的

沙 沙 沙
我也被雨水清洗得绿意盎然
在我跟你们说话的时候
没人注意到这点

2014/10/7

秋天说来就来了

秋天说来就来了

接着是雨水

一场雨接着一场雨

望着下着零星小雨的天

我不知道是带着伞还是不带

就这么几滴雨

说不定下着下着就停了

也说不定会下得更大

天蒙蒙灰

我踟蹰着

不知道跟你说什么

已经有一段时间了

我们的躁动随着夏季疯长

你带上房门
将疲劳和困顿锁在自己的身体里
而我决定还是不带伞出门
雨滴答滴答
零星几颗
有一两颗落在我的眼前
天更低了
低过了我的悲伤

2014/10/7

花花花没了

小小

到了学说话的年纪

一岁多

刚学会了说"花"

总是用小手指着门前开的

不知名的紫色白色的花

说："花 花 花"

后来 她又学会了说："没了"

对每一件消失的物品

都会摊开小手说："没了 没了"

紫色的白色的不知名的花渐渐凋零

直到完全不知所终

小小仍然指着那曾经花开的地方

说："花 花 花"

然后望向我："没了 没了"

带着好奇

我生活中一些曾经开放的人和物
有的我叫得上名
有的叫不上名
因为生活的忙碌和拥挤
凋落了
层层　落落
在生命的不知名处
有的我还没发现它们"没了"
它们就消失在
我的边界

空荡荡的花枝

好几个星期了

小小仍然用小手指着它们

说："花　花　花"

"没了　没了　没"

我拉过小小　握着她的小手

让她抚摸空荡荡的花枝　花叶

跟她说："明年夏天小小长高高了花花会再回来。"

靠在生活空空的花枝旁边

我想说："花　花　花"

却说不出来

我抚摸着生活的空椅子

想说："没了"
却说不出来
在重力挤压的生活中
我努力抬起头来——

我努力抬起头的姿势
多像秋天的一朵花儿

2014/10/19

你扔的是什么？

他很不愿意

去他父亲工作的

那个偏远的县城

语言不通

生活狭隘

街道逼仄

时不时还可能遇到抢劫

这正像他和他父亲

几十年的父子关系

沟通的道路修了又挖

越修越烂

而这一点　他是不能说的

两个人很少在一起

路这么修　这么挖

灰尘扑面

一开口就呛得——

真是红尘滚滚了

好不容易两个人在一起了

他和父亲站在一起的距离

让他终于舒了一口气

在逼仄的窘迫里

他的双手在裤兜里一阵乱翻

这次不是他的父亲

抢劫他的自尊和尊严

他一把把自己的痛苦抓住

掐住它的脖颈

揉成一团

甩到对这个县城来说
过于大的臭水沟

父亲回过头
问："你扔的是什么？"
"没　没什么
一张废纸"
他平静地答道。

2014/10/19

肉体站立

肉体站立

像墙一样

被梁柱　天花板　门

支撑

灵魂被关在屋内

我在门口冲着屋内大声叫喊……

2014/12/2

一到傍晚

一到傍晚

我的心就往下沉

沉过了肉体

这正是我漂泊的地方

我四处游荡

喃喃地呼喊着灵魂的名字

2014/12/2

这 爱

你趔趄着
往后退了半步

我在眼里看出了恐惧
带着冷光

我们各自疲倦了这爱
……消解了自身

2014/12/2

并没有疼痛

并没有那么一个人与你对望

那是你的影子

那是你影子的影子

而现在每走一步

都踩着了它

并没有疼痛

2014/12/2

我　们

阳光
透过树枝
顺着窗子向下
洒在黄昏

我们
相隔遥远

我愿是天空
无论走到哪里
都可以看到你
的蓝

那么多被风吹落的叶子
那么多远走的灵魂

2015/2/4

一　如

夜色飞舞如风

冰雪还没融化
内心的坚硬还没长出绿芽

我们各自回到自己的角落
不再和生活辩论和对抗

屋子里的床　桌
椅　以及破损了很久
没拿去修的台灯笼罩在晦暗中

你安静地歪坐着
黑色的眸子望着我
一如我看不见的光明

2015/3/15

陈酿往事
茗自暗香来

浮

沉

缱绻

我与时光平分秋色

2011/10/17

星 辰

黑暗如一条洪流
汹涌在身体
有什么决堤了
今生还在纠缠
泥沙抵挡住了
不可知的命运

我用手抚弄着
你留下的空白

有谁知
今天的星辰是
旧日的伤口

2015 / 4 / 13

奔 跑

我奔跑

天空如火燃烧

绿树如鬼招摇

街道在远方嚎叫

我的脚步如风飘飘

我听到有个声音在耳边说："快跑"

"快跑"

我看见妈妈披头散发

奶奶在抱头大叫

他们都在跑

城市在跑

前方的目标在跑

无数个声音在喊："快跑！"

"快跑！"

工作在跑

生活在跑

孩子们也学会了跑

我们在跑

我们的跑也在跑

"快跑"

快跑的声音也在跑！

2004/9

白与黑的对歌

抓狂
如一路的白鸥
惊悚而过

现实拍打着双翅
飞走了

世界灭了
梦亮了

在合拢了又张开的
黑暗中
那慢慢驶入伤口的
是你吗？

2005/1/15

那个词

当月夜的目光盛开在原野

沉默还冰冷地燃烧在过去的丛林里

梦的风帆里

你流走了　又流回了

童年门前的河流

母亲年轻的手掌纹

忘却的行程线

蜷缩在黑夜的臂膀里

你醉饮着时间之水

在沉重的睡梦再次睡去的黄灿灿的麦地里

听到天空翅膀拍打的声音

抬头回望

在大地缄默苍白的嘴唇里

你是那个无法说出的词

2005/2/20

偶尔有话语凋零的声音从远处传来

我还端坐在那里
南方潮湿心情的背后
还有我和你相遇那个秋天乱蓬蓬的脑袋
也端坐在那里

秋色斜靠在你的肩头
深夜轻叩着你住的村庄的门
广场上的三棵槐树也还矗立在那里
静默着

仿佛书写着村庄的历史

是的　在秋天睡梦的身子上我也在书写
用整个夜晚的历史书写

广场上的三棵槐树

以及我如何把夜色挂在你住的村庄的门上

秋天又苦又香

秋天的睡梦是多么寂静啊

记忆又张开了它白色花瓣样的嘴

在我睡梦的身子上

村庄也熟睡了

偶尔有话语凋零的声音从远处传来……

2005/4/10

我的呼喊沉睡在五月野雏菊小小倾听的耳朵里

是无边无际的

野雏菊
随着五月行走的路径
开在了大地

当风黑黑地吹开了
她们薄薄的紧闭的嘴唇
这时五月的野雏菊就昂起她们小小的黄色头颅
发出轻轻的欢快的呼喊声

"风吹着原野"
"风吹着呼喊"

当星星把五月轻含在嘴唇中时
五月的野雏菊就会支起她们小小黄色花瓣耳朵
倾听

在每一支起的小小耳朵里
我似乎也听到了自己的呼喊

"风吹着原野"
"风吹着呼喊"
"风吹着欢快的嘴唇"

五月野雏菊小小倾听的耳朵是
天空的诗歌
开满在我潮湿的呼喊里

当月光也轻轻地开满在风的原野

我的呼喊沉睡在五月野雏菊小小倾听的耳朵里

"风吹着原野"

"风吹着呼喊"

"风吹着欢快的嘴唇"

2005/4/30

时　间

谁拧开了孤独的门把手
打开了喑哑的无声之河？
旋转中
有你的名字飞跃过

但仿佛还有别的
流动的黑色影像
跌撞的身影

还是漂泊的词语？

黑夜慢慢降落下来
秘密地
在我被耕耘播种的脸容里

是什么在悄悄流逝?

时间之手
打开了无名的存在之河!

2005/5/20

结构——解构

那句话略微弯曲着

既兴奋又抑制

倒向了主题

返回了语法习惯

使你的身体成为一张弓

等待着

下一句话的射击！

2009/1/9

河 流

开车到多伦多湖畔

黑蓝色夜幕

看不到一点儿星光

就好像魔术师最后的变戏法

我们安静地坐在车里

等待着

安大略湖就像婴儿一样安睡在多伦多的怀抱里

星星最终还是没有闪亮

我们无奈地开着车穿行在纵横交错的街道上

就像多伦多的一条河流

流过另一条河流

又被别的河流流过

2009/2/11

傍晚的边界

傍晚

泛着苍白色

阳台后面的院子
已经有绿色植物冒出了新芽

仿佛是过去的某个日子
再次抵达黄昏的表面

红褐色的轮廓
并非某种忧郁

它们恰如其分地

表现了某些生活中的场景

犹豫　徘徊　甜蜜　忧伤
又被绿草地所覆盖

你出现在傍晚的边界
仿佛即将成为这首诗的中心

依稀可见

2009/4/6

思·怡

风轻

云淡

一棵棵高耸的白桦树

我们是这片安静世界的闯入者

一个，两个，三个……八个

身影在移动

仿佛是这神秘世界开口说出的话语！

2009/4/15

秃 鹰

它穿越蔚蓝的海域

一片片绿色密林

俯瞰着锋利锐爪下的世界

又有一个猎物出现在辽阔的视野下

它感到它就是当今的王

统治是它暗褐色的羽翼

力量是它锋利的双眼

刺入猎物的心脏

雄壮　美丽　凶猛

它早已忘了人们赋予的称呼："秃鹰"

那头顶上的缺憾

是它的王冠

也是下一个猎物出现的地方

在旅游景点的告示牌上写着这样一段话：
"秃鹰的眼、嘴和脚为淡黄色
头、颈和尾部的羽毛为白色
身体其他部位的羽毛为暗褐色
秃鹰的叫法是不科学的
因为它的全身羽毛丰满
无秃可言
在1782年被设计为美国国家的象征"

我摸了摸头顶
双眼像秃鹰一样扫视着四周
它仿佛在笑

2009/9/20

有一些东西

有一些东西

像石头

阻挡着你

让你无法翻越生活的陡坡

你常常寻思着如何弄走它们

在出门忘记锁门的时候

它们也许会被锁到门外面

在离开TAXI的那　刻

它们也许会被运到一个不知名的地方

有一些东西

它每天盘算着你

如何让你的记忆倾倒

厨房煤气炉的蓝色火焰

热过几次冰冷的心?

厅房一闪而过三流演员的台词

怎么和烫成孔雀头的妻子一样？
有一些东西　购物中心走过来走过去的脚步

厕所冲刷的声音又响了一遍
你斜瞥了一眼便池
水汩汩地成为漩涡状流下去　流下去
生命的剩渣
清洗干净了

你突然领悟
无用的废品
为你挡住了生命的空

2009/11/25

向你走来

你转过身

被这空旷所感动

房子坐落在这宽阔草地的一角

清净　淡定

推开后院子的门

你渴望有一个人能向你走来

烧烤的烟雾帮你盈满了泪水

2010/6/3

钉 子

加拿大人送我一个钉子

奇怪的礼物

没有什么用

我家已经钉好

它静静地躺在抽屉里

那锋利的尖

那沉闷的秃顶

那铁的光芒

等待着在世界中找到它的位子！

2010/5/12

不容怀疑

他冷冷地看着世界
以猫的姿态存于世
独立傲慢
悄声而稳健

他扫视着四周
眼光犀利而敏锐
什么都在他视野中
连那逃跑

进攻
抓捕
防卫　反扑
与生活一起分食

白天打着SOHO中国领结

晚上迈着猫步走台SOHU

下个月要穿的豹纹衫

正被股票设计

人群中一片欢呼声

他是大家的青春偶像

S，O，H，U，O　他变换着体态

差一点U形就要弯成O形了

就差那么一点点了……

他伸了伸腰身

气喘吁吁地对朋友说：

"我一定会是只豹子

如果不居住在这老鼠洞一样的公寓中"

在比邻介词的19层高楼50多平方米房间里

他再次摆弄他的骄傲　他的自豪

他夏天日渐膨胀的身体

他准备从某种含义不明的心情开始新的一天

第一件事情就是要把窗户擦亮

不放过任何细小的污点

2010/6/15

把车停在

把车停在安静的道边　对面马路

时不时有车路过

我们的谈话

如急速而过的车灯忽闪忽现

我习惯在黑夜中和你谈话

这时你会看不清楚我的脸

即使面对面

我也可以在黑暗中隐去自己忧伤的容颜

很多时候我以为自己是漂移的树木

哪怕是黑夜中婆娑的树叶也好

或者只是一种柔缓的声音

我说了一句什么你没有听清

你突然沉默了

此刻我多渴望随着这黑夜中闪烁的车灯

像你所提议的那样一个晚上都徘徊在边缘

跟着你指间淡淡的烟火　焚去夜幕

可是

我很怕别人会问我缘由、时间、地点

和谁在一起

其实　只是我一个人

想看看光影是如何落在树叶的枝脉

生命是怎样地越过伤痛

和你相遇

2010/8/10

叶 色

树叶微微动了一下
我们内心的询问

2010/8/17

法兰西黄昏

灰色　蓝色的云卷在法兰西的额头

黄昏像一只野兽慢慢

逼近法国乡村

不是从森林的方向

而是从公路的方向

没有爪印

2010/9/26

攀　援

十年了

她见着我　还是说起他

那轻蔑的眼神

那带四川口音的法语

他攀援在她的嘴边

又长出了一片绿叶

她推开窗

2010/9/28

散落的语音

中世纪石拱门
一地的苦栗子
掉落在覆着青苔的石板路上
有些开着口　有些闭着嘴
一如散落的语音
希望再次回到生活

2010/10/6

微　微

见到她来　他微微把身体转向别人
他走了　她蹑手蹑脚地坐在刚才他坐过的位子上

他和她都不知道
爱情曾经来临
带着体温

2011/1/14

洞庭湖

在我的眼角出现了一道小细纹

它弯在又黑又深的眼睛边

就像从湖泊来的一条河流

这让我一个在洞庭湖出生又在洞庭湖长大的女人

非但没有感到沮丧反而有些惊喜

岁月啊　终于让洞庭湖的湖水

流过我　流成了一条小河流　越来越清晰

2011/3/12

后　记

　　我以前是学医从事临床医疗工作的，在我学习医学的时候开始接触弗洛伊德精神分析方面的书，并因此对精神分析产生了浓厚的兴趣，几经周转辞了职专门学习心理学和精神分析。我既学习了拉康流派的精神分析，也学习了经典弗洛伊德流派的精神分析。在过去十多年学习精神分析和进行心理治疗的实践工作中，我感受到了语言的无穷魅力。我们心理治疗师是通过语言来进行工作的，在言语的表达和倾听中，人们了解那个谜一样的自身以及自己和他人和世界的关系。这也正是我特别喜欢我的工作的原因——通过这样的工作以及和每一个与我工作的人的交流，我也在不断寻找我自己、发现自己、创建自己、超越自己。但我总还是觉得说不够味儿，直到突然有一天我开始用笔来写，然后就一直写下来，才有了我前一本《思·怡》诗集和这本诗集中的句子。我通过这样一种方式来接近自己，感受自己，进入我自己以及我所热爱的人和世界。无论是言说还是写作，都特别吸引着我——它们之间有什么样的奥秘？这使我很多年对言语 (口头语言) 和语言(文字语言) 两者都充满了好奇，或者说，我对生命本身、对我自己、对我们内在的精神世界心灵活动充满了好奇。拉康说"无意识像语言那样构成"，到底无意识是怎样像语言那样构成的呢？我对语言、语言创立的文明世界，人类的无意识世界有了更多好奇和探索的愿望。正是带着这样对自身生命的好奇和探索欲求，以及对言语和语言谜一样的好奇辗转来到加拿大，进入了多伦多精神分析研究院系统学习精神分析。我希望不仅在汉语文化东方文化中也能在英语文化西方文化中，不仅在意识世界里也在无意识世界里找到答案。

在我的前一本诗集《思·怡》中有三个篇章，其中的《你来了？》是过去几年自我追寻历程的一个生命印记。而我给我的这本诗集命名为《仿佛》，也是通过语言的隐喻、暗喻、明喻这条道路来追寻自我、生命、世界奥妙的一个行程。遗憾的是，这么多年人生经验的丰富，工作经验的积累，专业上的精进，对英语文化和世界的更多了解，写作上的开阔并没有让我内心很多关于自我、人生、生活、世界、爱情、亲情、友情的疑问有了回答，反而是越来越困惑了。有的时候好像明白了点什么，有的时候却又好像什么都不明白了，有的时候更是明白了却又陷入不明白，有的时候反而越发迷惑、蒙昧未知了。

当人迷惑未知时，就会打开耳朵和心灵。因为迷惑，我张开了耳朵和心灵；因为未知，我写下这本诗集——

借着这本诗集的准备工作，我也再次回顾了自己从一个小县城到省会城市到北京首都，再到加拿大多伦多的人生历程。虽然期间有很多辛苦和艰难，甚至深埋于心的不为人知的黑暗和孤独，却始终让我保持着一颗温暖的爱的心，明智的大脑和行动力。这得益于所有那些曾经给予我温暖支持和鼓励的家人、朋友、督导和同事。如果没有他们的人生相伴和相扶携，我不敢设想我将会有怎样沉沦的人生！

在此，我想对一直以来给予我指导与帮助的商业督导表示最诚挚的谢意！最初在多伦多创办灵语心理中心和心理治疗师培训中心，我对如何运营一个心理机构毫无经验，没有资金，没有人脉，语言上也有障碍。我几乎不知从何做起，只能一步一个脚印，勤奋努力地工作。由于紧张与压力，我病倒了，严重到以至于有一年的时间都无法走路，但我仍坚持着，因为作为一个心理中心的创建者，我肩负着巨大的责任，不能让心理中心半途而废。而这种压力更加重了我的病情，形成了恶性循环。那是我一生中一段黑暗的时期。正当我徘徊在绝望边缘的时候，我遇见了我的督导，是他向我伸出了真诚而温暖的双手。他知识渊博、经验丰富、聪明智慧、富哲理、遇事冷静、自信且稳重；他为人友善、幽默、诚实可靠，对人总是慷慨相助。最重要的是他有着一颗同情与关怀的心，当我在商业上迷茫的时候，他总是伸出援手，鼓励我以不同的角度审视商业挑战，调整步伐，涉过复杂险恶的境况。如今我有了与以往不同的人生，我会坚强勇敢地面对一切。一想到将来我会成为像我的督导一样成功的商业人士，我内心就充满自信、喜悦和力量！而能够经营一番属于自己的事业也让我倍感幸福。因为我的督导，我相信自己前途无量，定会迈向更美好的明天！

　　我的商业顾问李明，他睿智、慷慨、幽默，对事物的洞察力很强。开始创建心理中心时，在异国他乡，没任何的商业经验，只是凭着自己的热情和心中的理想来做。在实践中，发现要学习的东西太多，要做的事情太多，从设计名片到设计整个心理中心的发展蓝图，从如何建设专业团队到开展市场工作等等。试想一下，一个以前对数字总是弄不清楚，在外跟人打交道还有些腼腆的人从事商业有多难。现在的我回头看自己都有些后怕。而幸运的是我在刚刚开始创业时遇到了商业顾问李明，他在十多年前就已经成功地创业，先后创立了两个高科技公司，商业经验也非常丰富。我感谢他在我刚开

始的时候竟然对我说你做商业行啊！在那段艰难的创业
时期，难免充满了对自己的怀疑，因为不会啊，也没做
过啊！我的很多自然天性好像跟商业都搭不上边，我怎
么就行呢？也特别感谢他在我总是要往下沉的时候，和
我交流，分享他的商业和人生经验，跟我一起分析遇到
的困难和给我建议。而这些帮助让我在商业上逐渐成长
起来，他对我的肯定也保护了我内心的信心和力量，使
我有勇气战胜困难。和他的谈话总是从高峰险峻峭壁悬
崖危机重重，到一片广阔草地宁静海洋希望满满。他把
在我看来蛮难的商业智慧变成了一个个生活中的常识。
我时时记得他说："其实很多时候商业并没那么难，很
多都是我们生活中的常识。什么个性都可能把商业做得
好，你的个性说不定有它的优势呢！"他的话使商业在
我面前呈现出一种质朴的美！使我从内心真正喜欢上了

商业。

　　我的精神分析工作的督导，Dr. Jerome Blackman，
美国精神分析家学院前主席，维吉利亚精神分析学会前
主席。他精力充沛，专业知识和临床工作经验丰富，记
忆力超群，仿佛任何临床工作都难不倒他。我来到多伦
多接受精神分析家培训，以及我在多伦多临床工作上的
发展都得益于他的督导工作。因为他对我出色的督导，
使我在多伦多不长的时间里，在只有凤毛麟角的十几个
华人从事心理治疗工作的华人社区播种下自己的梦想，
成立了华人自己的心理中心和心理治疗师培训中心。和
他一起工作，并不仅仅是工作，也是一种思维的愉悦和
享受，更是一种心灵的碰撞和激发，让我可以在人类心
灵世界，无意识世界里自由探索和追寻。他渊博的知识
和丰富的工作经验总是取之不尽，让我很多年可以在孤

单的处境中坚守精神分析的理想。

　　我的忘年交老朋友，Dr. Micheal Guibal，法国拉康流派精神分析家，欧洲精神分析协会的创建人。他68岁来中国成都精神分析中心讲座，并和成都一批对拉康流派精神分析感兴趣和进行实践的开拓者一起，创建了中法拉康流派精神分析交流实践平台。他每年都会到中国来讲学督导，在他的支持和推动下，更多的精神分析家从法国来到中国成都。这也是我的精神分析之旅开始的地方，我也因此结识了很多好朋友专业同仁，霍大同、郑禹、张晶燕、萧晓曦等。他68岁开始学习中文，70岁时得了癌症，但学习中文仍然坚持不懈，每次见到他总是那么热情乐观，风趣幽默，根本想不到他是一个得了癌症的人。他一直在跟癌症做斗争，也从来没放弃过中文的学习。虽然我们很久没见面和通电话，但那份友谊

总是散发着温馨。每每想起他，想起他乐观飘逸，他的坚韧不拔，他的风趣幽默和对人世的通达，我对生活就会莞尔一笑。'

还有我在灵语的合作者们，Adam Crabtree、Susan Wood、Kyle Killian、Judy Dales、Ingrid Dresher。在多伦多创建灵语国际心理中心和灵语国际心理治疗师培训中心，幸好有这几位合作者，他们不但是多伦多乃至加拿大最优秀的心理学家和心理治疗师，而且都曾在各心理治疗师培训学校和行业学会担任过要职，从事心理治疗、督导、授课、专业管理等工作，经验丰富，工作热情又严谨。我是他们中间最年轻的一位，也是资历最浅的一位。但在和他们一起创建心理中心的过程中，我根本感觉不到来自于年龄所带来的压力。我的一些思想，对未来的设想只要是可行的，都得到了他们大力的支持，并和我一起坚持不懈地实现它。我感受到了真正的尊重和平等，看到了团队合作的力量和奇迹。灵语国际心理中心的其他同事朋友们，田锐、唐莉、Petrus Tung等，他们都是华人社区经验丰富的心理治疗师。多伦多华人社区华人心理治疗师很少，他们就像家人一样，无论多么难，都始终如一，坚定地和我在一起，相互支持和发展，共同创建灵语家园，发展多元文化下心理健康事业。创业的生活是艰苦的，也是压力重重地，是他们对我的信任、理解、支持和关怀，让我可以总是在挫折后再次站起来，可以在失意时仍然放飞梦想。

　　我的中国诗人朋友们，田勇和王永利，几乎每次写完诗，我都会发给他们看，让他们给我意见，和他们讨论我写的诗。这样的交流让我对中文表达的一些微妙之处有了独到的体会，并鼓舞了我对诗歌写作题材和形

式上的探索。田勇虽然与我相隔万里，他在拉萨，我在
多伦多，但每次写完诗，发给他，静静等候他的意见，
这么多年来已经成了我生活的一部分。王永利老师，因
为他经常做朗诵活动，因此他能帮我从读者的角度来理
解和读诗，他会花很多时间就我写的诗句字斟句酌地和
我交流，比我自己还宠爱我的诗，让我心生了对诗歌的
一种庄严感和使命感。和他们两位的交流，不仅让我对
中文的魅力有了更多理解和体味，增强了自己的写作功
底，也让我可以更好地沉浸在对诗歌的创作和对诗歌的
欣赏中。这是人生中一大快乐！最为重要的一点，我不
再那么孤独，即使在多伦多没有多少可以交流的汉语诗
歌写作的朋友，可是因为有他们两位，我可以远离喧
嚣，安静而温暖地写作。

　　我多伦多的诗人朋友们，Allen Sutterfield， Bänoo Zan，他们在我的汉语诗翻译成英文诗上给了我很多帮助和支持，同时通过与他们反复讨论我的诗歌翻译，让我对英文以及英文诗歌有所学习和了解。每次参加多伦多诗歌会，经常只有我一个中国人参加，我朗诵我的中文诗，他们会帮我朗诵我的中文翻译成英文的诗，每次朗诵都获得听众阵阵掌声。当下面的听众说中文好美，中文很富音乐的美感！我都会自豪地告诉他们，中文是世界上最具诗性的语言之一！和他们的学习、交流、讨论和朗诵成了我在异国他乡生活奋斗的快乐源泉之一。

　　我的好朋友晓露。她是主持人，我是诗人，相似的艺术背景和移民生活，使我们走到一起。每位加拿大移民，都面临着工作、语言、文化和生活习惯等各方面的困难，生活中本来很简单的事情都要从头学起。但生活的艰难和曲折，反而可以让我们抛下世俗的诸多虚伪和面具，回到本真，真心见性，相互扶携。无论是在巅峰还是在低谷，无论是成功还是失败，这份真挚的友情都牵着我的手。一份温暖在握，我们都因为这份温暖而更加美丽！在这本诗集中，很多曾经给我鼓励和支持的人因为篇幅的关系我不能一一谈到，但我总是把那些温暖时刻放在心上。我知道是所有这些给我温暖支持和帮助的人们让我有了现在的人生——安静而温暖！

新出图证（鄂）字 03 号

图书在版编目（CIP）数据

仿佛 / 张思怡 著

武汉：长江文艺出版社，2016.10

ISBN 978-7-5354-4721-0

Ⅰ.仿… Ⅱ.张… Ⅲ.抒情诗—诗集—中国—当代　　Ⅳ. I227.2

中国版本图书馆 CIP 数据核字（2014）第 022305 号

策　　划：大　卫

责任编辑：沉　河　胡　璇　　　　责任校对：陈　琪

装帧设计：孙　俪　　　　　　　　责任印制：左　怡　包秀洋

出版：　长江出版传媒　　长江文艺出版社

地址：武汉市雄楚大街 268 号　　　邮编：430070

发行：长江文艺出版社

电话：027—87679360

http://www.cjlap.com

印刷：三河市宏顺兴印刷有限公司

开本：640 毫米×970 毫米　　1/16　　印张：12　　插页：2 页

版次：2016 年 10 月第 1 版　　　2016 年 10 月第 1 次印刷

行数：2175 行

定价：39.80 元

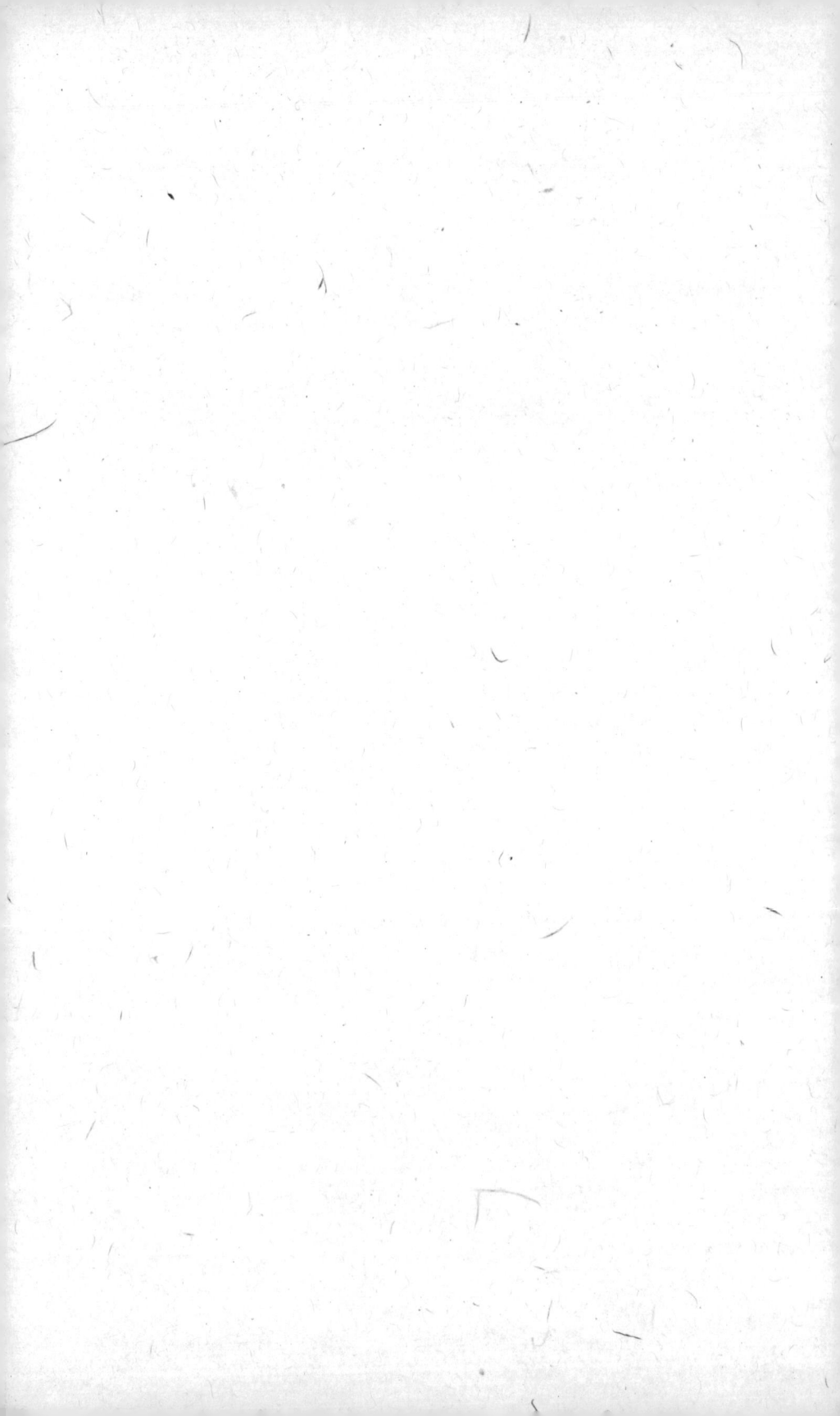